세상의 강에서 낚시를 하다

세상의 강에서 낚시를 하다

펴 낸 날   2024년 10월 1일

지 은 이   정한식
펴 낸 이   이기성
기획편집   이지희, 윤가영, 서해주
표지디자인 이지희
책임마케팅 강보현, 김성욱
펴 낸 곳   도서출판 생각나눔
출판등록   제 2018-000288호
주   소   경기 고양시 덕양구 청초로 66, 덕은리버워크 B동 1708호, 1709호
전   화   02-325-5100
팩   스   02-325-5101
홈페이지   www. 생각나눔.kr
이 메 일   bookmain@think-book.com

• ISBN 979-11-7048-738-8(03810)

정한식 시집

세상의 강에서
낚시를 하다

생각나눔

세상의 강에서
낚시를 하다

　돌이켜 생각하여 보아도, 다가올 날을 생각하여 보아도 세상이란 강에서 나는 낚시하는 사람이다. 때론 하루 내내 허탕을 치기도 하고, 때론 제법 두둑한 바구니를 보면서 즐거워하였다. 세상은 그렇게 나에게 많은 것을 가르쳐 주었다. 끊임없이 흘러가는 강물은 어제와 오늘이 일치하지 않았다. 좋든 싫든 세월은 강물처럼 흘러갔다.

　낚시 장비를 잘 챙기고 날씨의 도움을 받는 등의 요소가 잘 맞으면 풍어를 맞이할 수도 있다. 그러나 본인의 낚시 실력이 우선이라는 사실을 알게 되었다. 스스로의 삶을 닦고 일구어 나가는 것이 모든 일의 우선이었다. 동행하는 이웃이 중요하였다. 낚시터에서 만나는 분들과 오순도순 이야기 나누며 지내는 것이 혼자보다는 훨씬 즐겁고 행복하였다.

낚시에서 건져 올린 수확물을 담았다. 혼자 보기에는 아쉬웠다. 당신에게 감사드리고 같이 나눔하고 싶었다. 삶의 흔적을 시집이라는 틀에 넣었다. 부모님 생각에는 늘 죄송한 일들만 나열된다. 형제들과도 나누고 싶은 마음 간절하였다. 온정 선생님의 손길 가득한 문인화를 삽화로 하여 영원히 남기고 싶다.

이 시집이 당신의 삶을 조금이라도 행복하게 하길 기도합니다.

제1부

삶의 여정

제2부

사랑 일기

제3부

추억 담기

삶의 여정

금정사

동백기름으로 단장하고

머리 묶어 비녀 꽂고

눈부신 세모시 차림의 어머니는

금정사 가는 채비이다

혹시나 날 두고 가실까 치맛자락 붙잡고

들려주시는 동화나라 이야기에

다리 아픈 줄도 모른다

고갯길을 넘으면

저 멀리 금정사가 살짝 얼굴을 내밀고 있다

당신의 손을 놓칠세라

총총걸음으로 산길을 따라 걸으면

너 왔느냐고 물어보는 스님의 표정 아래

당신은 연신 합장을 한다

대웅전에서 드리는 당신의 치성(致誠)이

무슨 영문인지도 모르는 나는

그저 따라서 절하고 있다

찬 기운이 서린 딱딱한 마룻바닥에서

선(仙)을 한답시고 나는

앉아서 졸음을 쫓고 있다

보살이 주는 공양(供養)을 받고는

자비 가득한 부처님의 은덕을 가슴에 넣는다

불단(佛壇)에 놓인 과일과 떡을 두 손 가득 받아들고

동승(童僧)된 양 기쁜 마음으로 종알거린다

온갖 풀벌레의 재잘거림이 가득한 산 중턱에 앉으면

부처가 저만치서 '요놈' 하곤 하지만

당신의 손길은 큰 바위와 같다

당신의 품속에서는 내가 왕(王)이다

하늘 바람의 한들거림이 코끝을 스치고

이름 모를 들꽃들은 발끝을 간지럼 한다

언덕을 넘으면 저 멀리 수평선으로 쪽배가 나간다

양지바른 산모퉁이 한쪽 풀숲에 당신을 두고 떠난다

誇紅姿白妝丹花

戊戌畵 溫庭 □□

하늘나라

창밖의 구름은 저 멀리 손짓하며 떠남을 계속한다

소리도 흔적도 없는 세상이 눈앞에 와 닿았다

미국 땅에 도착하였다

그리고

한국에선 당신이 하늘나라로 가셨다

엊그제 본 그 하늘 세상에 계실까?

다음 생에도 만남하고 싶다

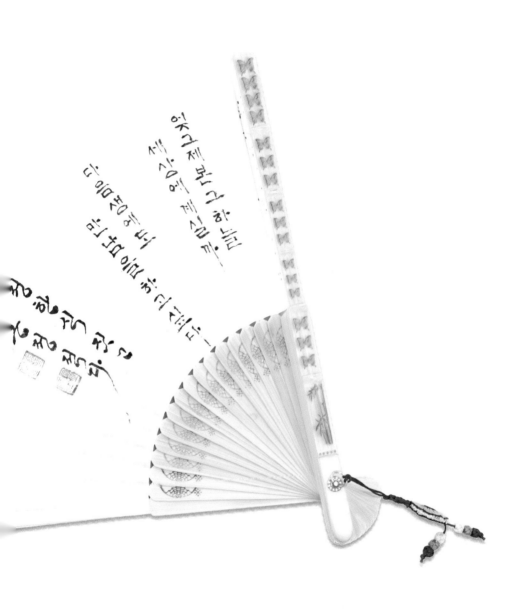

봄

동토를 부수고 달려온 그대의 열정으로
이마에 흐르는 땀을 식혀도 좋습니다
벌써 여기까지 왔습니다

넘겨주신 사랑을 꼭 잡았습니다
이제 이곳에서 봉오리로도 버들개지로도
얼굴을 내밀어도 좋습니다

조금 쉬어 가도 좋습니다
농부의 잰걸음 소리를 들으며
풍요와 기대만 채워 주십시오

포근한 하늘 바람이 내려옵니다
같이 온 참새들도 새 둥지를 틀고
우리들의 콧노래가 들녘에 가득합니다

아니, 벌써 떠나시렵니까?

아직 갈 곳도 준비 안 된 나를 두고

혼자만 떠나시는 무정한 분이군요

그래도 여름에게 그 청춘을 주시고 떠나실 것이지요?

이슬 인생

아침이면 굴렁쇠 굴려
햇살 가득 만들고
첫 키스의 짜릿함이 온몸을 전율할 때
그대는 방긋 웃음으로 손 내밀고
그날 밤 이별도 사랑이어라

그대 없는 내 사랑 갈피를 못 잡을 때
창가에 내민 얼굴 바람결에 흩어지고
첫날밤의 아픔 홀로만 간직한 채
내 사랑 흔적은 추억으로 살아가리라

훌쩍 떠난 그대이어도
가슴속에 남겨준 인연의 고리로
없어질 듯 사라질 듯한 하늘 사랑
영롱한 눈빛으로 동창에서 만나리라

천 년 지나온 시간들 속으로

그대 사랑 구름으로 하늘 능선 만들고

천둥 번개 작렬하는 폭우 만드니

손수건 적신 해후로 당신 맞이하리라

정년퇴직

새벽이면 어둠을 열고 하늘 높이 오르며
빛줄기를 바다에 뿌리고

중천에 이르면 세상을 밝음으로 덮어 올망졸망한 그들에게
삶의 터전을 내어 주고

석양에 빠질 때면 고향 초가집 굴뚝에는 하얀 연기가
저녁밥 짓는 엄마의 손길처럼 손짓한다

문풍지 속의 님은 그렇게 그림자 되었다

이제
내 삶은 가족이 기다리는 그 집으로 발걸음하고
석양이 내리는 귀갓길, 그 품속으로 가는 정년퇴직

문풍지 속의 님은

그렇게 그림자 되었다

이제

내 삶은 가족이 가다

그 집으로 내 발걸음 하리 라는 고훈

석양이 귀가길 가는

그 품속으로 정년퇴직

이모작

봄비가 내리면

아버지는 쟁기를 챙겨 누렁이와 같이 논으로 가셨다

누렁이와 하나 되어 논을 갈고 물을 댄다

비옷 차림의 어머니는 모내기에 여념이 없고

써레질하는 품앗이꾼들은 흥얼거림으로 여름을 부른다

나비 매미 귀뚜라미가 하나씩 계절에 걸터앉아

노래하며 답한다

가을이 턱밑에 다다랐다.

누렇게 익어가는 벼는 고개를 숙여 농부를 부르고

벼 나락 한 뭉치로 자식 학비 보낸다

보리밭 갈이는 속도를 낸다

세월의 논에 삶의 씨앗을 뿌리고

봄비에 싹 틔워 여름날을 살고

가을의 정열을 담아 기억의 창고에 쌓아둔다

나의 삶도 이모작으로

청춘의 들판에 다시 선다

매실 사계

봄이면

파릇파릇한 연두색 잎사귀 되어 나오고

물오르는 줄기에 생기가 생명이 얼굴 내민다

봉오리 돋아나고 낮과 밤이 분주하여진다

여름이면

낮에는 암수 화분놀이하고

밤에는 단꿈 속에 결실 맺는다

주렁주렁 매실은 향기 천지를 만들어 준다

가을이면

남은 아이 땅으로 보내고

존재를 알렸던 손길 같은 잎은 찬바람에 흩날린다

주인 발걸음 소리를 기다리다 해가 저문다

격조고품귀(格高品貴) 을미추 온정(乙未秋 溫庭)

겨울이면

삭풍 속에서 떨리는 손길로 가지를 흔들고

전정가위와 톱질 소리가 분주히 들려온다

지난 허물을 벗어 던지고 새로운 생명을 기다린다

태 풍

그놈은 잊혀질만 하면 온다

그렇게 반가운 모습도 아니고 환영하는 사람이 없으니

고래고래 소리를 지르고 강도를 더하여 가로수를 흔들어댄다

참으로 무서운 놈이 나타났다

그놈의 아우성이 창가를 때린다

바람을 등에 업고 세찬 비로 해일로도 변신하여

금방이라도 삼킬 듯이 부두와 뱃머리를 덮친다

착한 구석은 별로인 이놈이 드디어 화가 잔뜩 났다

식을 줄 모르는 그의 화난 얼굴이다

시커먼 색의 하늘까지 동행하여

드디어 폭우로 변신하고 쌓인 화풀이를 한다

무서운 산사태로 변신하였다

결국

일기예보가 마취 주사를 놓았다

잠들 듯이 조용하여졌다

해가 뜨니, 그는 벌써 동해안을 거쳐 타국으로 떠났다

극락세상 입문기

가만히 눈을 감았다

몰려오는 졸음을 간신히 참으니

들릴 듯 말 듯 한 음성들이 귓전에 맴돌고

하고픈 말들이 입속에 맴돌았다

되뇌었다

그리고 노래 불렀다

손을 잡았다

얼굴도 만졌다

나비가 날아왔다

귓전에 맴돌다가 얼굴에 꽃가루 뿌리고

햇살이 비추는 곳으로 달려

덩실덩실 춤사위로 다가왔다

추억이 가득한 뒤안길

그 집에서 마주 잡은 손길이

아쉬움으로 저물어 가고

내 사랑 흔적을 담아간다

새들이 찾아 왔다

창공을 가로지르는 무지개는

초록 세상에 발 들여 놓고

석양의 아름다움에 취한 나그네를 맞이하고 있다

맑은 샘물이 가득한

그 숲속의 깊은 곳에는

새들도 꽃들도 황금 들녘 위에 유희하는

극락세상으로 나는 들어간다

미륵산

눈을 뜨면 새파란 하늘이 맞닿고

눈을 감으면 초록별 세상이다

손을 펼치면 점점 섬들이 가슴에 들어온다

눈부신 다도해에는 풍성한 가족들이 고향을 향하고

나의 가슴 가슴에 맺힌 사랑은 청송으로 장성되었다

발길 아래는 푸른 바다요

머리 위는 청명 세상이다

푸성귀도 제멋으로 아름다움 뽐내며

단아한 자태로 청풍 속에 춤을 춘다

가슴에 담아온 미래불이

활짝 날갯짓을 하니

발길 아래에서 서성이는 동자는

눈이 번쩍

깨달음으로 거듭나고

낭랑한 스님의 독경이 가슴팍에 묻혀진다

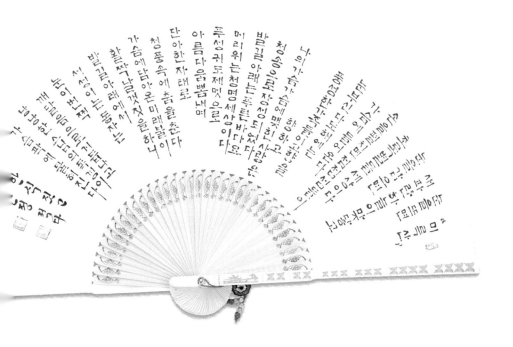

출생일기

편안함의 극치이다

잠자고 일어나고 그리고 적당히 발차기를 하면 된다

엄마는 내 핑계로 맛있는 음식을 먹는다

내가 쉬고 싶다면서 엄마는 쉼을 한다

세상 빛을 보니 엄마의 젖이 입에 들어왔다

엄마 배 속보다는 불편함이 많다

나의 불만스러운 울음을 두고도 모두 웃고 있다

배고픔을 절감하며 발버둥을 친다

엄마의 젖과는 다른

우유가 입가를 맴돌 때부터 알았어야 하였다

엄마는 나에게 우유를 엄마 젖으로 대신하여 주었다

세상에는 믿을 것이 별로 없다

초저녁 뒤척임의 시간에는 우유라도 먹을 수 있다

꿈속을 헤매다 보면 우유도 나오지 않는

공갈 젖꼭지가 입에 들어온다

엄마는 드디어 나에게 엄마 젖을 대신하는 무엇을 주었다

아무것도 나오지 않는 공갈에 순응하여야 한다

이제 걷기까지도 바라는 엄마 아빠를 위하여

온 힘을 다하고 있다

인 연

창가에 서면 청명하늘
구름 속의 내민 얼굴 손에
잡힐 듯하지만

왔다가 사라지고
흩어졌다 다시 모여드는
구름 덩어리인걸

온갖 인연이
이곳으로부터 내려오는 것일까?

구름 아래 미륵산은
황소처럼 누워있고
품에 안긴 온갖 잡풀의 합장한 손은
하늘로만 향하니

그 속의 춘하추동은

삼라만상의 인연들이다

미륵산 가슴에 안긴 미수동은 탁발승되어

바닷가에 발 담그고 독경만 하여도

부처님의 가피는 온 동내에 퍼진다

바다가 수로 되어 내왕하는 인연들은

천 년 사랑도 담아 나르니

미륵불이 가슴 가슴에 담겨진다

보이는 물상은 모두가 실체이거늘

사진 속의 모습으로 창틀 속에 담겨지니

내 몸에 남아있는 이 잔상이 나의 귀한 인연들이다

울음의 미학

사내는 울면 안 된다는 어머님의 엄명 때문에

나는 울 수 없었다

밥투정도 다리 아픔도 도망가고 싶은 농사일에도

꾹꾹 참을 수밖에

친구들과의 다툼에도 학업의 고단함도 자취생의 생활고에도

늘 그러하였다

어머님은 손자들에게도 사내는 울면 안 된다고 하였다

이제 말을 배우고 막 글자를 깨친 아이들도

할머님의 가르침은 거스를 수 없는 큰 원칙이었다

어머님이 이승 생명을 다하는 아침 시간에

아이들을 황급히 학교로 보냈다.

나는 홀로 어머님을 지키며 눈물을 가슴 속으로 삼켰다

나의 손자들이 밥상에 앉았다

사내는 울면 안 된다고 가르치지만

둘째 손자는 늘 울어야 할 일들이 있다

글자를 배우러 가는 것보다는

할머니 품속에 있는 것이 더 좋은가 보다

밥상에서 울음보가 터질 듯 말 듯 하다

내일부터 글자를 배우자는 엄마의 당부가

가슴에 담겨 있는가 보다

설명 없는 울음보가 결국 터졌다

설움에 한 맺힌 손자의 울음이 거실을 울린다.

집에서 할머니와 같이 편안하게 살면 그만인 것을

복잡한 세상의 일들을 배워야 하는 야속함을 나도 모르겠다

아버님 전상서

차가운 겨울비가 내리고 있습니다.
창가에는 빗물이 조금씩 묻어나고
뿌연 밖의 세상이 잘 보이지 않습니다

오래된 농부의 옷차림 그러나 당신은 위엄이 있었습니다
농촌 들녘에서 그을린 거뭇한 얼굴
저 깊은 곳에 미소를 담고 있었습니다
농땡이 치는 저에게 껄껄 혀만 차시던 당신의 모습
화들짝 놀란 그날이 그립습니다

추운 겨울날 새벽 아궁이에 군불 넣고
동트기 전 나무지게 지고 산을 오르셨습니다
상기된 얼굴에 연신 땀 훔치며
땔감 한 지게 지고 집에 들어오시는 그날
당신은 나의 영웅이었습니다

질곡의 역사

두 동생의 행방불명

그때의 슬픈 사연을 평생의 한으로

살아오신 것을 기억하고 있습니다

당신이 가신 그곳에서 동생들을 찾았는지요?

꿈에라도 그 소식을 전하여 주십시오

오는 정월 보름날이면

그리움을 더하여 형제들이 모여 당신을 추억합니다

이제 그곳도 그리 멀지 않아 보입니다

자연이 주는 편안함에 지낼 우리 아버지

오늘, 당신이 그립습니다

묵언 수행

잘 차려입은 번뇌가 진을 치고
들리지도 않는 숱한 언어가
가슴에 차곡차곡 쌓인다

동자는 그리도 궁금한가?
너의 궁금증에 답은
이미 하늘로 올라갔다

그 길로 계속 가라
화두를 만나거든
그것을 받아 가슴에 새겨라

너의 감은 눈 안의 세상에서
노 젓고 있으니

동자야! 그 배에 타거라

제2부

사랑 일기

어부바

목숨이 끝날 것 같았던 소년은
새벽에 만난 엄마 등의 포근함에
눈이 스르르 감기고 꿈길에 들었다
눈을 뜨니 하루가 지난 시간
온기 가득한 고향 안방이었다
나는 살아 있었다

고열에 칭얼대던 아가는 포대기에 싸여
할머니 등에서 평온을 찾았다
자장가로 새록새록 단잠에 들었고
할머니는 아가를 업은 채 엎드린다
깜깜한 방안에는 정적이 감돌고
아가의 편안한 숨소리만 들려온다

나를 어부바한 어머니는 30년 전

하늘나라 별이 되어 지금도 나를 지켜주고

생각만 하여도 그리움에 눈앞이 촉촉해진다

아가를 어부바한 나의 아내는 지금

내 옆에서 감았는지 뜬눈인지 모르게

밤을 새며 손녀를 지켜주고 있다

잠들기 전

그날은 참으로 행복한 날이었소

사랑으로 기다리고 인내하면서 지내온 시간의 정점

면사포에 숨어온 당신의 손을 잡고 걸으면서 한

우리의 사랑을 기억하오

아파트 베란다에서 당신의 뒷모습을 바라보았소

어머님 저승가시고 아들 셋을 집에 남겨 두고 새벽길을 나서는

직장인 엄마와 아내를 자청한 당신의

수고에 우리의 자식들은 착하게 자라 주었소

입시 전날 밤에 뒤척임이 방안의 긴장감이었소

합격 소식에 목메 하는 당신에게 때론 지옥과 극락의 소식이

오고 간 시간들 속에 대학생이 되었고 티코에

한가득 이삿짐을 싣고 서울나들이 한 그날을 기억하오

하룻밤을 꼬박 뜬눈으로 지낸 막내 유학 전날 밤이 엊그제였소

온갖 걱정만 가득한 상상을 하면서 지낸 시간이

벌써 옛날이야기로 추억의 장에 들어갔지만

자식에 대한 걱정으로 지내는 당신을 기억하오

당신과 나 사이에서 뛰놀던 손자들이 단잠에 들었소

할머님이 제일 좋다는 손자들의 잠든 모습

그 너머 어둠에 어렴풋한 당신의 모습을

내일 해가 뜨면 다시 마주하겠지요?

기적 소리

기차는 그렇게 출발하였다

승객들의 찬사와 환영은 그러하였다

싱그러움이 새로움으로

새로움이 결실로

결실은 수확으로 이어지며

풍성한 세상이었다

중간 역에서는 인심이 가득하였다

내린 사람과 탄 사람들 모두를 위하여 그러하였다

청춘은 그렇게 다가와

사랑도 미움도 그리움도

모두가 하나로 이어지며

그녀와의 열정적인 사랑이었다

종착역에서는 세상 사람들이 모두 모였다

삶의 의미를 미처 생각도 하기 전에 모두가 흩어졌다

내 인생은 세상과 섞여지고

세상은 타인의 모습으로 태어나고

고통도 아름다움으로 승화하며

문득 고향으로 돌아가고 싶었다

기차역 매표소에서

내 삶의 주소를 물어

화물칸에 멍에를 싣고

창가에 기대여 보슬비 내리는 들녘을 바라본다

어제도 오늘도 내일도 모두 하나인 것을

등받이에 깊숙이 기대어 지금도 그 소리를 그리워한다

생 일

어머님은 기도를 많이 하셨다

생일날 이른 아침 눈을 뜨면 벌써 생일상이 차려져 있고

가지런히 머리 빗고 곱게 한복 입은 당신은

무릎 꿇어 기도하고 있었다

물가에 가도 안전하고 산에 가도 안전하고

어딜 가나 다치지 않고

수명 장수하고 공부 잘하고

간절한 당신의 기도가 끝나면

나는 생일상에 절을 하였다

정성이 가득한 생일상임을 알 수 있다

팥밥 미역국 나물 생선 등이 곁들여진 생일상이다

나는 이렇게 푸짐한 독상을 받을 수 있었다

그리고 당신은 천지신명을 불러

나의 안위를 당부하는 것을 잊지 않았다

자식 생일날이 다가오면 우리 집은 바쁜 일상이 된다

방이며 거실이며 쓸고 닦기를 한다

시장 보는 정성도 여느 때와는 다르다

생선과 나물을 준비하는 아내의 손길이 바쁘다

깨끗이 단장하고 정성스럽게 아침 식단을 준비한다

생일상을 차리고 아내의 기도가 이어진다

건강하고 씩씩하고 친구들과 잘 지내고 등의

간절한 기도를 마치고 나면

생일인 자식은 절을 하였다

어머님이 기도가 그리워진다

아침 전쟁

잠에 흠뻑 젖은 나를 깨우는 것이 못마땅하여
꿈쩍하지 않고 이부자리 속에서 앙탈을 한다

밤새도록 계속된 단꿈이 그리워
조금만 더 붙들고 사정한다

동창에 내민 얼굴이 미워서
눈을 뜨지 않는다

알람 소리가 시끄러워
손을 제쳐 입막음한다

소음 된 세상 소리가 아쉬워
방긋대는 난초들과 얼굴 맞댄다

총총걸음 출근길이
또 다른 전쟁을 기약한다

총총걸음 출근길이

또 다른 전쟁으로

기약한다

얼굴 맞댄다

밤늦도록

아
쉬
워

태풍의 눈

태풍은 서울에서 불어왔다
그가 가는 곳은 박살이 난다
태풍의 눈이 도달하기 전에 물건을 모두 치웠다

아내는 빠른 손놀림으로 태풍의 눈을 피하여 나갔다
그에게 걸리면 사정이 없다
언제 부서질지도 모른다

거실에 들어 왔다
문갑 화장대 액자도 그에게는 꼼짝 못 한다.
방충망도 찢기고 문틀도 부서졌다

그가 서울로 향하였다
거실에 들어섰다
가슴이 뻥 뚫렸다
벌써 그 손자가 몹시 보고 싶다

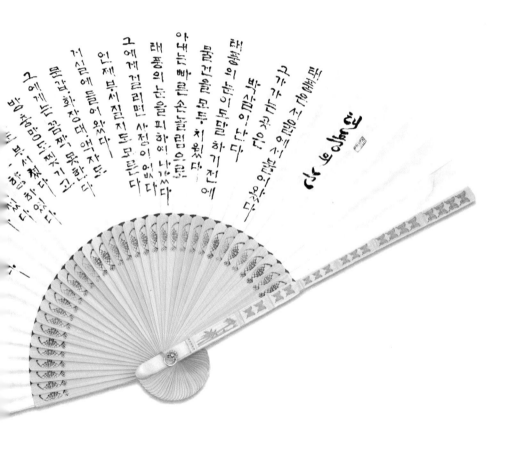

그에게 난 부서
방 참았으면 쳤다
문갑 화장대 액자도 꼼짝 못한다
거실에 들어왔다
언제 부서질지도 모른다
그에게 걸리면 사정이 없다
태풍의 눈을 피하여 나섰다
아내는 빠른 손놀림으로
물결을 문득 치웠다
태양의 눈이 도달하기 전에
박살이 난다
그가 가는 곳
단오에 하늘거리는 연분홍 치마

단오 이쁜이

난 향

허리춤까지 닿은 긴 생머리 여인은

가느다란 허리 그리고 맑은 눈웃음을 머금고

나에게 다가왔습니다

아침 이슬 머금은 난초는 해맑은 수줍음으로

햇살 눈 부시는 낮 시간에는 연초록 잎으로

밤이면 편안함으로 같이하였습니다

행복한 생명의 잉태

말보다 큰 언어를 주며 세상을 사랑하는 모습으로

그들이 우리에게 왔습니다

모두가 잠든 새벽에 아무도 모르게

그는 꽃대를 내밀고 수줍음으로 가득한

작은 꽃잎을 내밀었습니다

사랑과 지혜가 머무는 큰 하늘을

이부자리 하여 감싸고 이어가서

세상을 풍성하게 하였습니다

은은한 난향(蘭香)이 집 안 가득하며

환한 꽃잎은 더욱 수줍은 모습으로 우리를 맞이하고

청초함으로 사랑에 답하고 있습니다

당신은

열정의 그릇에 사랑과 지혜를 담아서

그 향기로 세상을 행복하게 만들었습니다

당신은 난초의 향기입니다

기 적

집중치료실

침대 위에 말없이 누워있지만

맞잡은 손길 속에 느껴지는 체온만으로

나는 당신이 살아 있음을 압니다

모두가 떠난

어두운 밤을 꼬박 뜬눈으로 지낼 당신의

소원을 나는 들어줄 수 있는 육신이 아님을

한탄하지만 숨 쉬고 있습니다

요양병원

그 무섭고 한스러운 밤을 지낼 당신을 두고

돌아서는 발길을 눈물이 가로막지만

청노새 노니는 나날을 기다리며

내 삶 속에 당신이 있고 당신 삶 속에 내가 있습니다

외로움으로 몸서리치는

그 기나긴 밤을 홀로 버티는 당신의

고통을 받아 가슴에 새기고 또 새기면서

한탄하지만 한 가닥만을 잡고 있습니다

요양원

숲 나무 새들도 모두가 당신 앞에 춤추지만

당신이 추는 춤만을 기다리며

내 가슴 속에 펼쳐지는 극락세상에서

당신을 부여잡고 두둥실 장단 맞출 노래가 있습니다

당신은 벌떡

기적을 만들어 나에게 당당히 오시면서

쇠똥 망태 둘러멘 새 신랑 되어

환하게 웃음 핀 얼굴만 기다립니다

천도재

솔바람 흐르는 산길에는

사랑과 아픔 주렁주렁 거닐고

불성만 가득 담은 삼라만상은 빙그레 웃고 있다

큰스님의 목탁소리에 응답하는 풍경 소리는

사령(死靈)들의 바쁜 걸음 재촉하고

향 촛대 눈 맞추고 공양 가득 받아 든다

못다 한 자식 사랑 불경 속에 묻어 놓고

부처님 전에 백팔번뇌 속세 인연 멀리 보내고

동행자 함께 극락길에 오른다

치 매

자식들과 많이 만나야 한다

잔소리꾼이 되고 조금은 흐트러진 이야기로 폼을 잡고

계속 꼰대가 되어서 어깨의 힘을 빼지 않을 것이다

한없는 욕심쟁이 아부지가 되련다

친구들과 많이 만나야 한다

거나하게 취하여 흔들리는 아스팔트에 앉기도 하고

개울가 풀섶을 이부자리 하기도 할 것이다

한없는 속 빈 강정의 친구가 되련다

더 많이 세상 여행을 하여야 한다

캐리어 하나 끌고 떠난 여행 그리고 비행기 창가에 기대어

흩어지고 돌아오는 하얀 구름 세상에

두둥실 마음 던지기도 하고

고독을 안주 삼아 떠나는 여행자가 되련다

당신을 더 사랑하여야 한다

세상의 인연으로 한평생을 동행한 당신과

어깨동무하여 온 재미난 세상일들을

차곡차곡 쌓아서 서랍 속에 넣어 두고

생각날 때마다 꺼내보는

추억들을 가슴에 담고 사는 사람이 되련다

치매 오거든

욕심쟁이 아부지와 속 빈 강정 같은 친구들이

모여서 지내는 꿈을 꿀 것이다

안주 삼은 고독이 끝나거든

서랍 속에 남은 사진 한 장을 머리맡에 두고

이제 찾아온 당신과 같이 새로운 꿈 속 세상을 살아갈 것이다

낮과 밤이 바뀌면 어떠하리

떠나는 추억들을 붙잡으면 무엇하리

저 멀리서 온 친구하고 동무하여

이승의 멋진 것들을 안고 가련다

매화 필 무렵

잘려나간 아픔 더하여

삭풍 몰아치는 들녘에 선 외로운 몸

얼어버린 대지에 생명의 줄기를 묻었다

서릿발이 저 멀리 떠나며

열어준 햇살이 찬연하고

대지의 기운과 하늘 바람이 만났다

종달새 노래가 들릴 듯 말 듯

어미 몸에 붙은 잉태의 순간

냇가 개구리 노래가 들린다

얼굴 내밀고 바람 색깔 구별하며

따스한 기운이 온몸을 스치는 순간

화들짝 놀라 큰 눈을 떴다

세상은 아름다움으로 우리들의 품으로
꽃잎 사이로 낭군이 오시니 무언가 좋은 일이
바람결에 얼싸안고 휘몰아치는 오늘

공갈

아가는 엄마 젖꼭지 빨 듯 공갈 젖꼭지를 빤다

젖도 우유도 나오지 않는데도

잠잘 때도 놀 때도 슬플 때도

입에 물어야 한다

그래야 평온이 온다

그것이 세상의 실체인 양 허상을 빤다

공약은 모두 지켜질 것으로

개혁은 모두에게 좋을 것으로

약속은 모두 이루어질 것으로

혹시나 하며 다음 또 다음을 기약한다

그렇게 평생을 지내며 살고 있다

아가야!

공갈이라고 서운하게 생각 마라

나는

지금도 많은 공갈을 빨며 지내고 있다

어머니

그날은 어머니가 손을 흔들어 주었다

꼬마 지게에 책과 식량 담아 메고

천 리 길 떠나온 날 난 뒤를 돌아볼 수 없었다

아마 당신은 멀리서 계속 지켜보았을 것이다

한참을 걷고 난 후 어깨를 누르는 아픔이 몰려왔다

사연도 모르는 눈물이 났다

귀신이 버티고 있다는 열두 모퉁이에서는 으스스 소름이 돋는다

입에서는 "어머니! 어머니!"가 저절로 나왔다

서산에 걸린 해를 친구 삼아 산길 모퉁이에 홀로 앉아

당신이 손수 만들어 주신 적삼 옷깃의 향기를 맡아 본다

당신 모습이 저만치 하늘에 나타나며

중학교 신입생의 발걸음을 재촉한다

주신 사랑 주섬주섬 담아 차에 싣고

당신 만나러 그곳으로 가고 싶다

덥석 안아 주면 좋으련만

당신은 멀리서 웃고만 있다

작 별

그렇게 만났습니다
그리고 오늘 헤어짐이 작별입니까?

함박웃음 대신 미소로
달리기보다는 산책으로
자랑보다는 겸손으로
품격 가득한 당신이 이제 떠나십니다

교육보다 더 큰 사랑으로
채찍보다 더 큰 모범으로
받음보다 더 큰 베풂으로
정중동(靜中動)의 모습이 그립습니다

가시는 길에서도
말씀 남기신 것보다 더 큰 것을 주셨습니다

가슴에 담긴 배움이 눈물되어 나옵니다

눈물 위에 배를 띄워 드립니다

그곳에 편안히 가십시오

엎드려 기도드립니다.

아픔도 슬픔도 없는 본래의 모습으로

평온이 내려앉은 그곳에 닻을 내리십시오

사랑하는 사람들과 해후의 시간을 가지십시오

그리고 저에게 주신 그 말씀을 다시 들려주십시오

존경합니다

그리고 사랑합니다.

윤회

지리산 천왕봉에서 고단봉 가는 길

눈길을 돌리면 선생님의 고운 한복 치맛자락이

물결처럼 펼쳐집니다

화엄사에서 쌍계사 가는 섬진강에는

윤슬 가득한 물결 아래 재첩들이 살며

서희와 길상이의 애틋한 사랑이 보이는 듯합니다

하동읍을 지나 평사리에 들어서면

하늘 구름과 들판 벼들은 그때 그대로이고

오늘도 그들과 함께 화폭 속의 그림이 됩니다

선생님의 대하소설 『토지』가 생각납니다

아픈 역사도 말없이 안고 있는 하동에서 태어나

돌고 돌아 통영에 왔습니다

그늘도 윤회의 실을 따랐나면 이 길이 아니겠습니까?

저는 선생님이 잠든 통영에서 여생을 보냅니다

추억 담기

물안개

하늘이 밝아질 듯
강물은 보이지 않는다
새들의 푸드덕거림이 아침 신호이다

저 멀리 산록이 얼굴 내밀고
강물 위 구름 덩어리는 이부자리 된다
세상은 온통 몽환의 세계로
인공을 거부한 자연만의 세상이다

피어나기도
흘러가기도
서서히 솟아오르기도
그들만의 향연이다

신은 이곳에 있다

조화의 아름다움으로

천지 창조의 순간을 만들어 내고 있다

바람이 흐르는 창가에서의 사색

원문 고갯길에서는 호수 같은 바다가 턱하고 나타났고

토성고갯길에는 신점(神占) 집들이

울긋불긋 깃발을 내걸고 있었다

항남동을 거쳐 바다 갓길을 지날 때에는

벌떡 뛰는 생선들이 나를 반겼고

천대국치길 거리는 사람이 사는 곳이었다

호수가 시샘하는 한실 바닷가 고을에는 갯내음 향기 가득하였다

하늘을 머리에 이고 미륵산 능선을 코앞에 두니,

바다가 나를 안아 준다

창가로 들어오는 바람결은 잠시 쉬었다가 기약 없이 떠난다

고운 한복 여인의 모습 같은 능선이

멀리서 다가온다

그곳에는 아름다운 사람들이 가득하였다

어부가 그러하였고 문학인이 그러하였고 화가가 그러하였다

중앙시장 서호시장 북신시장

그리고 그 좌판에 앉아 생선 한 점에

소주잔을 비우며 정치 경제 사회를 안주 삼는다

세월은 흘러가고 바람은 쉬었다가 가는 이곳이 참 좋다

언젠가는 떠날 곳이기에 보따리도 다 풀지 않는데

사랑하는 사람의 바가지 긁는 소리가 그치지 않도록

이젠, 그 보따리를 풀어서 이곳에 고이 간직하고 싶다

하늘 이고 땅 밟고

삭풍 몰아치던 들녘

어둠에도 눈뜨고

마주 본 얼굴 속에 피어난

초록 눈망울이어라

생명의 빛

아침 햇살 가득히 밀려오고

먹이 찾는 노랑 부리

사랑스러워라

여름날의 무성함

하늘 이고 땅 밟고

그들의 둥지 된 모습

자랑스러워라

반백 년 세월

찰나 되고

님들의 여문 사랑

깊고도 아름다워라

꽃바람

꽃바람이 분다.

산록 계곡 모여 하늘 바라보며

바람 만나 유영을 시작한다

집단 대오 거느리고 하늘나라를 휘젓는다

얼~쑤 어깨춤 추며

까르르대는 장난꾸러기이다

청명한 자연 속 미소도 담았다

통영에 당도하여

동백 꽃잎 만나 상큼한 바닷바람 머금고

갓 태어난 연두잎과 마주한다

벌써 오월

연지 곤지 찍고 단장하였다

님도 이곳으로 오시지요

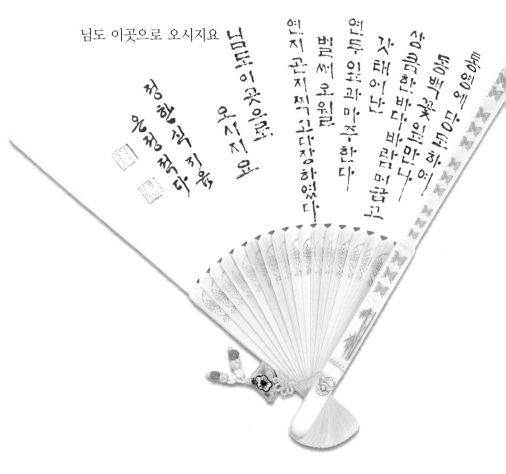

망주석

편안함으로 자리하였다

초목을 이불하고 상석을 식탁 하여
바람과 풀벌레와 이웃한다
오는 자식도 멀리 있는 자식도
모두 사랑으로 엮었다

오면 좋고 오지 않아도
내 마음을 담아 늘 기도로 하루를 연다
멀리서 바라보아도
하늘과 땅 그리고 모두가 사랑이다

한 줌의 흙으로 자연과 동화되어
너희들의 거름이고 싶다
양분 삼아 튼튼한 뿌리 내려

세상의 빛이 되어라

난 그저
자연이다

사진 찍기

아가는 그냥 찍어도 예쁘다

웃어도 울어도 예쁘기는 마찬가지이다

난, 아무리 폼을 잡아도 멋이 없다

사진기가 문제인가

사진 기사가 문제인가

내가 문제인가

사진 속의 나보다는

아가의 모습에 자꾸 눈이 간다

나그네

동창(東窓)이 밝아 오면
영혼이 잠을 깨고
세상을 내다본다

파도 속 헤집으면
가슴에 묻힌 한(恨)이
방울방울 얼굴 내밀고

님 만나면
속세 인연들이
아리한 사랑 꽃피워

석양 내리면
육신에 담아
대문으로 들어선다

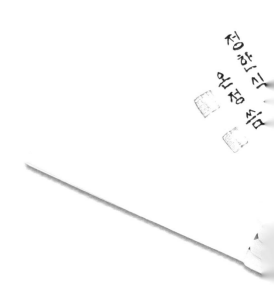

석양 비리편
육신에 담아서

아리한 사랑꽃 피워

숙세 인연들이

님 만나면

함 성

(I)

너는 죽지 않는 영원이어라

축적된 고뇌

용트림치는 젊음

화음 되어 가는 언덕에 올라

삶으로 희구가

불멸을 낳게 하구나

뜨거운 가슴

용해된 사랑

산을 우러러 부끄럼 없이

합장한 손에서

하얗게 종이 되어 가는구나

폭포 된 열정

불멸의 육신

가느다란 생명의 옷자락에 머물러

칠흑 속 상생의 선잠을

인도하는구나

혼돈된 정신

흔들리는 영혼

큰 불기둥으로 신기루 되어 갈 때

흔들리지 않은 너의 소리는

함성 되어 나오는구나

너는 죽지 않는 영원이어라

(Ⅱ)

너는 죽지 않는 영원이어라

생명의 잉태를 위한 기구가

너의 가슴에 머물러

각자(覺者)의 고뇌를 되뇌이며

광명이 비추이는

삶의 광장에 머물러 주오

사랑하는 자여

너의 육체의 조각에

영혼의 편지를 쓰며

백상지 가득히

그 소식을 전해 주오

존재의 의미는

삶에로의 도피가 주는

안주가 아니매

영생을 위한 노래를

힘껏 불러 주오

억겁이 흐른

광야에 홀로 서서

소리쳐 불러보는

영원한 이름이 있으매

어둠을 깨워 주는 함성이 되어 주오

너는 죽지 않는 영원이어라

길

본래 길은 두 갈래였네

그 길가에는 차가운 삭풍(朔風)을

이겨낸 가로수들이 장성되어 서 있네

꽃망울이 폭죽을 터트릴 양

앞다투어 얼굴을 내밀고 있네

무쇠를 녹인 선인(先人)의 체취가 채 가시지 않은

망루에 올라 다시 진리의 문을 열었네

이제 가슴 깊이 묻어둔 삶으로의 열정을

꽃 피울 진군(進軍)의 북채를 준비하였네

본래 길은 한 갈래였네

그 길에는 따듯한 햇볕들이

폭포 되어 가로수 위에 머물며

진한 어둠도 밝혀주는 꽃송이들로

환한 미소 지으며 합창 되어 나오고 있네

던져 버린 껍질이 바람에 흩날리는 뜨락에서

고뇌의 응어리를 움찔거리기 시작했네

이제 온몸으로 사랑한 나의 요람이 전환된 인식 속에

새로운 창조를 위한 교실을 준비하였네

본래 길은 없었네

그곳에는 그저 기적만 간간이 울어주는 황무지였네

조그만 구름도 소중히 여기면서

울울창창 소나무와 까치들만의 보금자리에

하늘 높이의 푯대를 꽂아 같이 춤추는 장(場)이 되었네

생명이 잉태되듯

우리의 젊음을 바칠 높은 찬송(讚頌)을

헹가래치며 힘껏 노래하여 보세

성숙의 아픈 의미를 이 넓은 가슴에 실어

그와 함께하세

제3부 추억 담기 103

눈 세상

하늘 속에서 하늘거리며

바람결에 이리저리 흩날리지만

차곡차곡 쌓이며

너절한 길바닥의 낙엽들도 하얀 천으로 덮이고 있다

덮인 눈 세상에서 이리저리 뛰놀고 있는 강아지는

무엇이 그리도 즐거운지 알 수가 없다

나도 그와 같이 마냥 즐거움에 젖어들고 있다

전 정

나는 그렇게 고민하였다

윗가지만 자를까?

중간쯤을 자를까?

내 키 높이만큼 자를까?

그렇게 되뇌다 겨울이 지나고 봄이 다가왔다

조그마한 매화가 피어나고 있는

큰 가지를 잘라야만 하는 것이다

나의 키 높이만큼을 남기고

지난 세월을 견디어온 가지를 잘랐다

바닥에 수북하게 쌓여가는 덤불에는

아직도 예쁜 꽃이 달려 있는데

어차피 떠나야 하는 그 길로 보낼 수밖에 없다

그들은 이제 삶을 마감한 것이다

남겨진 나무에는 몇몇 새순만 남겨졌다

무성하였던 초봄의 싱그러움이

어느새 설렁함으로 뒤덮은 농장이 되었다

사이사이로 자리 잡은 잡풀들도

예초기에 꼼짝 못 하고 정리되었다

그들도 뿌리만 남긴 채 삶을 마감한 것이다

매실 나무에는 새순이 돋아날 것이다

이랑 사이의 새로운 풀들도 예쁘게 자리할 것이다

내 삶의 순환에도 자식들의 모습에서

손자의 모습들이 나타난다

내년 6월에도 청매실을 가득 담을 수 있을까?

대양의 밤

흑조 아래에는 영혼이 숨을 쉰다

수장된 뭇 생명이
환생된 고기 떼 되어
어선 탐지기 화면에
나 보란 듯 얼굴 내민다

바람도 없는
고요 세상 바닥에
그들의 신세계가
달빛과 어우러진다

수평선에 도열된
어선들의 불빛은
그들의 등대 되고

파도 가르는 하얀 거품은
용서할 수 없는 그들의
적군 앞에 버티어 서서
선수(船首) 앞에 이빨을 드러낸다

성묘 길

꽹과리 선창에 꽃가마 타신 그날

만장의 배웅 받으며 이곳에 오셨습니다

정갈한 황토에 모시고

고운 풀 섶으로 집을 만들었습니다

잘 다듬어진 산소는

고운 한복 저고리 옷매무새 가다듬은

단아한 당신의 모습으로

그 자리에 정좌하였습니다

오늘은 엎드려 절하고 문안드리고

옆자리에 앉아 그날을 회상합니다

당신의 따뜻한 품속은

이제 그리움이 되었습니다

동네 어귀로 눈길을 돌려

그날의 발자취를 바라봅니다

구름 몇 점이 들녘을 지나

아침재로 오르고 있습니다

서서히 하늘 세계로 나아가며

당신의 당부가 들려옵니다

서둘러 집으로 돌아가라는 말씀 남기고

흔적도 없이 홀연히 사라졌습니다

차창에 바람이 다가와

가을 향기로 얼굴을 감싸 줍니다

당신의 소식이 온 듯

또 다른 만남의 시간을 기다립니다

봄기운

코끝에 먼저 와 닿은 따스함
숨기운으로 들어와 머리로 올라오고
봄기운과 만난다

그 님이 돌아와
포옹으로 눈 마주하고
뜨거운 키스로 해후를 만끽한다

온몸에 뜨거움이 차오르고
발끝까지 전달되는 떨림은
그리움을 용해하여 가슴에 박힌다

그날의
기다림으로 오늘의 겨울도
마음으로부터 봄기운을 먼저 맞이하고 있다

방귀

자동차 광고 문구 '방구방역'을 본
초등학교 3학년 손자가 막 웃으며 하는 말
할아버지 방귀 소리가 진짜 크다고 한다
자면서도 부우~~~웅 기차 소리를 내기도 한다고 한다

너의 아빠도 방귀 소리가 크다고 일렀다
이미 알고 있는 듯
빙긋 웃으며 하는 말
아빠 방귀 소리도 진~짜 빵빵하다고 한다

그 손자의 형인 중학교 1학년 손자
방귀 소리가 제법 커졌다는 것을 나는 알고 있다

나의 속내
기다려 보아라, 너도 크면 방귀 소리가 클 것이다
쾌재를 부르며 그날을 기다린다

君子二友 溫庭

제4부

여행 *스케치*

알프스의 들꽃 축제

님 기다리지 않아도

마주한 하얀 다보스 언덕이

있어서 행복합니다

이름 모를 님들과 이웃하여

웃으며 살아가는

모두가 친구들입니다

산록 기슭에서 들려오는

눈 녹은 물소리가

졸졸졸 흐릅니다

언덕 아래 장승 같은

자작나무도

우리의 행복한 이웃입니다

모두가 함께하는

동화의 나라에는

매일이 축제입니다

주: 스위스 다보스에서

그리움

대서양 파도 소리
이방인의 가슴을 쓸어
조국의 방향을 물어보노라

브라이톤 해변 몽돌 틈 틈
그리움이 적시어져
이름 모를 물새들이 답하여 오는 뜻을

향수에 젖은 가슴팍 깊숙이
꿈틀거리는 영혼의 씨앗에 담아
갈매기 울음소리로 화신 되어 가니

이역만리 거리 곳곳
뭍 인걸들 속
돌아갈 나의 사랑을 심어두고 가리라

주: 영국 브라이튼 해변에서

富貴玉堂
甲辰温庭

사막세상

비바람이 스쳐 간 광야에

흔적만 남긴 저 나그네야

모래톱 세상에서 새로운 꿈을 꾸어라

적막 고요에서 극락왕생하였는가?

남겨준 긴 줄기에 황토빛만 찬연하니

그 속에서 천 년을 살아라

찰라가 억겁 년인들

발아래 구름이면 숨죽이고

태양 얼굴이면 반짝이는 새 생명으로

너는 그 속에 하나의 점이다

바람 일면 승천할 것인가?

비 오면 새싹으로 돋아날 것인가?

물 흐르면 물고기가 될 것인가?

육신은 간 곳이 없고

영혼만이 숨을 쉬니

나는 너 위에 비행하는 하나의 물체이다

주: 미국 대륙 횡단 비행기에서

베를린 가는 열차에 기대어

옥수수 익어가는 들판이

숨 가쁘게 뒤로 달린다

하늘은 말없이 천천히 멀어져만 간다

황토빛 지붕을 품은 정연하고도 평화스러운 농촌

말 없는 화면들이 하나둘 사라지고 그리고 나타난다

달가당 달가당 들려오는 레일 소리

환한 태양빛도 싱그러움으로 다가온다

초록 나무 그리고 초록 물길도

턱 아래

노란 꽃대들이 도열한다

사라지고 또 나타나길 반복들을 하고 있다

열차는 미끄러지듯 묻지도 않고 달려간다

이승에 누가 오라고 하였는가?

그래도 잘도 달려왔다

환한 태양빛도 성난 파도도

모두 자연에서 왔거늘

눈길 한번 마주치면 사라지고 또 나타난다

여유로운 속도

잘 다듬어진 잔디밭을 끼고 도는 들녘

이제 산은 어딜 갔는지

나지막한 숲속을 헤집고 달린다

이제 어디로 가는지도 모른다

그저 고요 풍광을 가슴 속에 넣는다

주: 베를린행 ICE998 열차에서

辛夷第一吐芳華
甲辰溫庭

토바 호수의 수련

아침이 열리면

기지개 켜고 얼굴을 살짝 내민다

토바 호수 깊은 곳에 발 담그고 하늘을 보며

그 속 깊은 곳에 숨겨둔

님의 향기가 코끝으로 스며든다

햇살과 참새들의 보챔으로

나의 붉은 입술은 조금씩 열리고

고이 간직하였던 순결이 피어난다

호수 하늘 참새 그리고 내가

한 장의 화폭에 아름다움으로 담긴다

온몸을 둘러싸는 호수의 따스함

나의 볼을 간지럼 한다

풍덩 엉덩방아를 찧고 나니

얼굴은 붉게 물들고

우리 모두는 동무 되어

즐거운 골목 놀이를 한다

하늘 바람이 내려온다

바람은 구름을 업고

구름은 시원한 빗방울 뿌려준다

금방 청명세상이 또 왔다

참새들과 골목놀이는 계속되고

아이들의 비행은 쉼이 없다

아쉬운 시간

석양이 걸렸다

사랑하는 자들과 작별이다

온몸으로 하늘의 영광을 품고

화려하였던 자태를 거두어 둔다

호수 물을 베개하고 어둠을 이불 삼아

깊은 꿈나라로 들어간다

주: 인도네시아 수마트라 토바 호수(Danau Toba)에서

석 림

천지가 꿈틀거리고

열기를 내뿜어대며 세찬 비바람을 일으켰다

속 깊은 마음의 문을 열었다

그대, 탄생의 기쁨으로

질풍노도의 시간을 달리고

뜨거운 용암이 만들어 내는 천지개벽의 시간이 되었다

새로운 세상을 만들어 내었다

그대, 성년의 모습으로

해일과 지진의 세상은 저 멀리 가고

창공으로 뻗어가는 힘찬 기상들이었다

청아한 노랫소리와 춤사위가 되었다

그대, 청춘의 아름다움으로

햇빛이 달려와 함께하였고

석공이 물상들을 조각하여 나갔다

평생을 일구어낸 작품으로 이곳에 왔다

그대, 장엄하게 이루 낸 일가(一家)의 모습으로

하늘을 향하여 기도하는 자

세상 사람들을 발아래 열병대열로 모았다

흩어지고 뭉쳐져 하나의 작품이 되었다

그대, 솟구쳐 하늘로 또 포효(咆哮)할 것인가?

주: 중국 운남성 석림(石林)에서

알프스와의 만남 그리고 나의 영혼

천 년의 삶이란
너무 짧은 것이다

아름다운 이곳에서
조상을 보내며
나를 녹인다

따뜻한 온기가
가슴에 와 닿으면
천 년을 간직한 순백을
바친다

구름과 꽃과 풀벌레가
나와 어우러지는 이곳에서
우리는 살고 지고 살고 진다

안개비가 걷히고

인걸이 숨을 죽이면

영혼을 모아

제일 높은 성을 쌓을 것이다

주: 스위스 알프스 2,253m Ospizio Bermina에서

안데스의 눈 세상

세상사 시름 잊고

청명세상 살아 보니

산록 곳곳에는 우리들만의 순백세상이다

알싸한 찬 기운도

눈부신 파란 하늘도

하늘도 시샘하는 하얀 세상도

새로운 조화 속으로 새 생명을 잉태하니

그리운 것은 어머니뿐이다

여름이면 밭 갈고

가을이면 수확하여

겨울 내내 들녘 가득 자식 기다리니

당신의 마음이다

안데스의 산록에서 만나는 어머니

당신은 이곳 하늘에 머무십니까?

안데스에 내리는 눈[雪]은 햇살을 받아 더욱 여물어간다.

주: 칠레 안데스 산맥을 오르며

표돌천

냉기가 가슴을 지나 뇌리에 다다르니
머물던 오욕(五慾)이 저승으로 날아간다

머리 위 여름 나는 매미들이
군상들의 재잘거림에 답하여 주는 말은
세상의 극락을 어디에서 찾는가?

가슴 속 탐진치(貪瞋痴)를 청아한 물길에 씻어
서방정토 극락에서 왕생을 기원하건만
흩어진 나의 잔상은
물길 속에 사라진다

이승에서 환생한 저 매미는
수목에서 노래하고
세상의 이치를 관조한다

물길 자락을 두 손으로 받아

관세음보살을 되뇌며 하늘을 본다

주: 중국 산동성 제남시 표돌천에서

땅구반 뿌라후

고요를 먹고 숨죽인 나날
억제된 욕망들이 서서히 요동을 치기 시작하였을 때
산천은 울부짖었다
바람은 태풍이 되고
구름덩어리는 소나기 되어
땅구반 정상에 폭우로 내린다

천 년 삶의 편린을 모아
어두움을 헤치는 용솟음침을 누가 뭐라고 하였는가?
선홍빛 줄기로 휘몰아쳐 천지개벽의 섬광을 내뿜고
피비린내의 투쟁으로 삼라만상은 숨을 죽였다

새로운 봄은 여기에도 오는가?
생명은 생명을 붙잡고 새싹으로 아장 걸음하고
바람 소리며 빗소리며 새소리에 젖어든다
젖은 잎들은 무성함으로 답하여 주고

나그네는 하늘을 덮은 숲속으로 빠져든다
바람의 영혼들이 여기저기에서 얼굴을 내밀고
이역만리 이곳에서 당신의 목소리를 듣는다

진한 청색 줄기로 숨 가쁜 연기를 연신 내뿜고
들끓은 고통은 매캐한 황산 냄새와 함께 진동한다
하늘이 노하고 먹구름이 쏜살같이 달려온다
억수 비바람도 내뿜은 연기를 거둘 수 없다
봄, 여름, 가을, 겨울을 내왕하는 일순간들이 지나고
하늘은 그의 본색으로 돌아간다

새가 울고 꽃이 핀다
바람걸이 시원한 한낮의 정취가
세상의 이웃들을 이곳으로 부르니
나그네의 발길은 이제 고향으로 돌아가려 한다

주: 인도네시아 반둥에 있는 고도 2,084m 활화산 땅구반 뿌라후에서

곡부에서 꾸는 꿈

공자의 체취가 물씬한 공부(孔府) 공묘(孔廟) 공림(孔林)를

스치면서 아리한 가슴 속에 몽글거리는 4,500년의 역사가

솔솔 살아난다

세상의 이념을 뛰어넘어 나를 이곳에 멈추게 한다

선생의 뜻을 이어가는 궐리세가는 청정한 기운으로

오늘을 사는데 어진 자와 예의를 가진 자는 어디에 숨었는가?

마차의 잔등 너머로 그들을 찾아본다

역사를 정지시킨 것인가?

세상의 중심으로 다시 오실 것인가?

거리 곳곳에 묻어있는 선생의 잔상들을 깨우는 보슬비가

머리 위에 흩날리고 있다

문청의 8음은 1,000년 역사의 고목 줄기에서 노래하고

세상의 풀벌레는 스치는 바람결에 나래짓을 한다

이승의 이치를 안고 가는 저 나그네여

곡부의 아낙을 부여잡고 우는 이방인이여

이 세상에서 꽃을 피울 것인가?

그려, 혼돈 세상에서 기다리는 선생은 지하에서만 호통하니

진리를 찾아 헤매는 인걸들 속에

나는 이방인 되어 그저 흐르는 눈물 속에서 아련한 꿈만 꾼다

주: 중국 산동성 곡부에서

천 개의 섬

억겁 년 전

바다가 용트림 칠 때 하늘 끝까지 기상을 올렸다

솟구치는 불길 속을 헤집고 나와 뭉쳤다 헤어진

수없는 시간들

그 불길 속의 고통을 감내하여

희망의 씨앗으로 남아 있었다

천 년 전

작렬하는 태양 청아한 바람 그리고

평화가 깃든 바다를 만났다

마시고 마시어도 마르지 않는 바다에

희망은 씨앗이 되고 숲이 되었다

창연한 하늘빛의 세상을 친구 삼아

세상의 이웃 그리고 찬란한 햇살 아래에 둥지를 틀었다

백 년 전

무성한 나무숲들이 함께 열대 우림을 만들었다

온갖 새들도 갖가지 꽃들도 함께하는 이웃으로

극한의 고요 속에 조금씩 움직이기 시작하였다

썰물과 밀물이 내왕하는 사이 바다 밑 세상은

산호의 세상이 되고

한가로운 물고기 집을 만들어 주었다

외로움은 저만치 가고 있었다

지금

시원한 해풍 그리고 잔잔한 바다의 음성

첨벙 뛰어들어도 물에 젖지 않을 것 같은 행복한 바다가

내 품에 안겨 단꿈을 꾸고 있다

아름다운 산호 세상 빛나는 바다 얼굴 이글거리는 태양

녹색 풍성함이 가득한 숲

이 모두가 모여 합창을 하니

떠난 자식이 엄마를 찾아왔나

모두가 사랑과 은혜를 가득 안고 머물다 떠나간다

주: 인도네시아 자카르타 뿔라우 스리부(Pulau Seribu)에서

따나 또라자

　인도네시아 자카르타에서 바다 위를 오르니 아래에는 섬들이 널려 있고 한가로운 뱃길들이 휘저어 그려진다. 2시간 반의 비행으로 마카사르에 도착하고 자동차 길에는 지평선과 수평선이 교차하며 맞이해 준다. 이방인을 반기는 바닷가 풍경 좋은 방갈로에서 겸상을 받았다. 시샘하는 비바람과 세찬 파도로 황급히 자리를 옮겨 허기진 배를 채우는 형국이다.

　산이 앞을 턱 막고 선다. 잘 벌초된 산소 모양의 산 능선 계곡은 그들만의 해석으로 여인의 깊은 곳을 보여준다고 하니 착각인지? 자연의 조화로운 솜씨인지? 땅 밑에 숨어든 바위 덩어리가 조금씩 고개를 내밀기도 하고 시원한 바람이 이마의 땀을 식혀 준다. 한 잔의 차 그리고 멀리 눈 아래 보일 듯 말 듯 한 물길이 따나 또라자에서 오는 길이라고 하니 마중치고는 자연의 마중인 셈이다. 때도 없이 나타나는 움푹 패인 길들 그리고 물웅덩이들을 이리저리 잘도 피하여 온 인생길 같은 8시간의 자동차 길을 지나 따나 또라자의 마을 깊숙이 들어갔다.

새벽 운무가 자욱하게 깔린 깊은 계곡에는 닭 우는 소리가 고향의 새벽이다. 멀리 산 중턱에 걸린 구름들은 고요세상을 거쳐 이승으로 오는 산신령이다. 이곳에서는 모내기하는 아낙, 저곳에서는 탈곡하는 농부 그리고 황금 들녘에는 허수아비들도 한몫하며 바람맞이 놀이를 한다.

산 아래 큰 바위 동굴에는 이웃 조상들이 다음에 오는 시신을 맞이하고, 조그마한 인형 같은 따우따우(Tau-Tau) 장승을 동굴 밖에 내밀어 세상을 살피도록 하였다. 따우따우는 그렇게 방문객을 하나하나 살피고 있다. 작은 손전등으로 저승 같은 짙은 어둠을 겨우 열었다. 동굴 속에서 주심조심 옮겨가는 발길을 천장의 해골들은 표정 없이 지켜보고 있다. 산 정상으로 가는 길 곳곳의 바위들에는 계급 높은 가족 시신들이 함께 잠들어 세상을 내려보며 살고 있다. 농사일을 피하고 좋은 날을 택하여 이승을 떠난 이들은 물소 24마리로 보다 높은 곳을 허

락받았다고 하니 따나 또라자에서는 저승 가기도 저승살이도 쉬운 것이 아니다.

산 정상에 서니 따나 또라자의 이승 풍경이 파노라마 되어 간다. 능선과 능선이 연결되고 물길에 물길이 이어지니 세상 사람들은 이곳에서 쉬어감도 하다. 속세를 떠나려고 하는 것인지 하늘로 덩그러니 버티고선 똥꼬난(Tongkonan) 집은 죽은 사람과 살아 있는 사람이 몇 년을 같이 지내는 안식처이기도 하다.

나에게 숨겨졌던 곳 그리고 이승과 저승이 함께하는 따나 또라자를 나는 이렇게 떠나고 말았다.

주: 인도네시아 술라웨시 우중빤당 따나 또라자(Tana Toraja)에서

부레옥잠

짜오프라야 강 위로 흐르는 바람결에
밀려가는 뜻은 부처님의 섭리로
세상만사를 안고 간다

바람에 밀리듯 무리 지은 뜻은
중생들의 삶이 고독으로부터의 해탈보다는
이승의 삶이 불국정토(佛國淨土)이다

때론 물새들의 쉼터가 되어도
때론 물고기들의 먹이가 되어도
때론 그저 흘러가는 삶이 되어도

그 모두가 삼라만상의 하나인 것을
오늘 이곳을 지나면서 깨달음으로 다가온다
넌 어디에서 왔는가?

난 어디에서 왔을까?

이렇게 날마다 더불어 흘러가는
여유로움에 인생의 가닥을 얹어
천천히 유영을 하며 가자

오늘같이
맑은 날 아무에게도 말하지 말자
그냥 이곳을 흐르면 되는 우리는 부레옥잠이다

주: 태국 방콕 시내 짜오프라야 강에서

서해 선상에서의 하루

너를 잉태한 새벽이
서서히 얼굴을 드러낸다
이 반가운 만남으로부터 하루를 연다

바다의 유희는 너울이 되고
너의 가슴은 생명을 만들어 내니
온 세상이 너뿐이노라
세상을 둘러보아도 하나뿐인 우리
이제 같이 세상의 역사를 쓰자

선수(船首)가 열어주는 너의 포옹
선미(船尾)에 펼쳐지는 하얀 파노라마
가만히 들려주는 너의 음성
나의 손에 잡힐 듯
멀리 떠나가는 아쉬움

수평선 너머로 흔적을 보내고
뱃고동 소리로 반향을 만들어 주니
이방인의 외로움도 너 속에 있구나
사랑하는 자여
이 광야에서 펼쳐지는 연주를 듣는가?

너의 음악은
사랑이 되고
하늘도 가슴 속으로 들어오니
오늘은 우리만의 세상이구나

석양에 걸린 너의 영혼
군상들 속에서 이별을 고하고
너의 쪽빛 영롱한 얼굴 위에
사랑의 흔적을 남기는구나

사랑하는 자여

우리의 또 다른 만남은 내일에 있다

가슴을 활짝 열어다오

주: 경상국립대학교 실습선 '새바다호' 선상에서

삽화를 마무리하며

물어보고 싶네

글을 쓴다는 것!
두뇌의 굴림일까?
가슴 속 깊이 저장해 둔 것일까?
허공에 떠 있는 뭉게구름의 조화일까?

세월 흔적의 집합들
모두 꺼내어 한자리 모아
한 페이지 한 페이지가 작품인 것을
모든 세상사 글로써 한 권의 책 탄생
존경스럽고 자랑스럽네

삶의 여행자들
세상의 강을 함께 손잡고
대어(大漁) 낚시해 보는 것은 어떤지?

온정(溫庭) 성 잉 애

추천의 글

마음을 연다는 것은

어두운 심연까지 빛이 비칠까 하는
희망의 바람이다

빛으로 하여금 새싹을 띄우고
미래를 향하여 뜀박질하는
용기가 샘 솟는다

내 삶과도 동행이다.

원일(元日) 정 종 식

에필로그

낚시 결과들이 어떤지요? 시시하여 보이기도 하고, 부족하여 보이기도 하는 것이 솔직한 마음입니다. 그러나 같이 살아가는 이웃의 이야기로 보아주실 거지요? 나눔하고 동행하고 같이 미소하겠습니다.

당신이 독자로 함께하여 주신 데 깊이 감사드립니다.

저자 정 한 식 드림